AF355871

ÉTRENNES

NOUVELLES,

OU

POÉSIES LÉGÈRES,

POUR 1820.

*Par J. J. D***.*

Conduis, ô Philosophie !
L'aveugle Dieu des Amours.
Qu'un tendre serment vous lie ;
Unis vous plairez toujours.

Prix... 75 c.

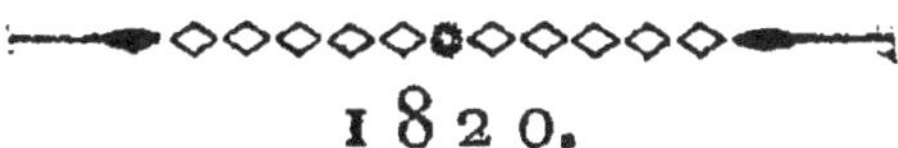

A LYON,

De l'Imprimerie de J. ROGER, Grande Rue
de l'Hôpital, N°. 14.

1820.

ÉTRENNES NOUVELLES,

OU

POÉSIES LÉGÈRES,

POUR 1820.

CONSEILS POUR LE JOUR DE L'AN.

LE jour solennel s'avance :
De ceux qui font des présens,
Ah ! que n'ai-je l'éloquence !
Elle triomphe en tout tems.

De l'inaccessible Isaure
Un écrin fait un mouton ;
L'anneau donné gagne Aglaure,
Même un Petit-Chaperon, (1).

Mes cadeaux, charmante Œnone,
Seraient un sûr trébuchet ;
L'oiseau, pris, plus ne raisonne ;
Ton petit cœur se tairait.

Vous, qui fûtes toujours sages,
Jusqu'en offrant des bonbons,
Le bel esprit, de beaux langages,
Feront accueillir vos dons.

Peu de plaisir, peu de peine,
Vous réserve votre argent ;
Le cynique Diogène
De fort peu vivait content.

---

(1) Un Anneau donné a plus de magie, sans doute, que celui du comte Roger, qui ne fait que montrer le sien dans l'opéra du Petit – Chaperon – Rouge, pièce bien gazée.... au troisième acte.

A 2

Vous n'embrassez pas la dame
Qui se rencontre au logis ;
Mais vous êtes, sur mon ame,
Fort estimés des maris.

Quant à vous, que la fortune
En bons fils ne traita pas,
Ce jour-ci vous importune ;
Je vous tire d'embarras.

Vous n'êtes pas sans ressource,
Le croire serait erreur ;
Quand on n'a rien dans sa bourse,
On doit puiser dans son cœur.

En ce jour, un pauvre diable
Met son savoir à profit ;
Il serait très-condamnable
De rester dans son réduit.

Mes Amis, plus d'assurance,
Quittez vos noirs galetas ;
Chez la précieuse Hortense,
Aujourd'hui portez vos pas.

Plutus lui rit : c'est vous dire
Qu'avec grâce elle discourt ;
Chantez-la sur votre lyre,
Non, son esprit n'est plus lourd (1).

Près d'une puissante dame
Qui reçoit quelque cadeau,
L'on admire, l'on se pâme,
Tout est charmant, tout est beau !

----

(1) Une dame opulente, mais d'une beauté équivoque, peut douter de sa beauté ; quant à son esprit, elle est parfaitement tranquille.

Ces visites de commande,
Ont l'à-propos du moment,
De crainte que l'on attende
De vous plus qu'un compliment.

Moi, je sais, quand vient la foule,
Où je dois faire des vœux ;
Mais quand la foule s'écoule,
J'ai déjà fait mes adieux.

La nombreuse compagnie
Fait ressortir mes couplets ;
J'excite même l'envie
Des prodigues freluquets.

Parlez, parlez de tendresse,
De l'esprit, des vers heureux ;
Peignez bien votre alégresse,
Sur-tout choisissez vos vœux.

Il ne faut rien entreprendre
Sans y penser mûrement.
Ce qui plaît à femme tendre,
Ce n'est pas du sentiment.

Ah ! si c'était une brune,
Frères, rappelez-vous bien
Que sur cent, rarement une
Aime un poëte, un payen.

Notre grotesque encolure
Leur déplaît depuis long-tems,
Elles veulent de l'allure,
Moins de fumée et d'encens.

N'allons pas de l'Hypocrène,
Pour ça déserter les eaux :
L'esprit est moins à la gêne,
Lorsqu'on n'a plus que les os.

Les neuf Pucelles savantes
Nous font un fort assez doux ;
Acceptons toujours leurs rentes ;
Sans elles, où serions nous ?

Aujourd'hui ces Sœurs étiques
Pardonnent, je vous le dis,
Les licences poétiques ;
Mais, après, soyons concis.

Vous connaissez le sublime,
Le simple et le tempéré ;
Au genre joignez la rime ;
Le succès est assuré.

Que sublime soit le style
En parlant aux protecteurs ;
Phrase simple est bientôt vile ;
Soyez fiers solliciteurs.

De l'homme qui court les places
Souhaitez l'avancement.
A Chloé, qui perd ses grâces,
Souhaitez plus qu'un amant.

A la fillette nubile
Souhaitez un bon mari ;
Qu'un oncle riche et débile
Ne soit pas mis en oubli.

Etudiez votre geste,
Composez votre regard,
Votre succès, je l'atteste ;
Mais donnez beaucoup à l'art (1).

____

(1) Donner ainsi, coûte d'ailleurs si peu à un poète.

TABLEAU DE LA VIE CHAMPÊTRE.

Si le bonheur est vraiment idéal,
Où la trouver, cette douce chimère,
Tant désirée, et qu'on cherche si mal ?
Serait-ce bien sous le toit solitaire ?

Le nautonier, qui s'éloigne du port,
Souvent regrette un modeste héritage ;
L'homme-d'état, des caprices du sort
Est le jouet encor bien davantage.

Les plaisirs purs, la véritable paix,
Règnent aux champs ; la flatteuse espérance
Trompe bien moins au milieu des guérets,
Que dans la ville, au sein de l'opulence.

L'ennui mortel et nos noires vapeurs
N'entourent point l'homme de la nature ;
Tout l'intéresse : arbres, plantes et fleurs,
Lui font bénir l'auteur de leur structure.

Quittez la ville, en venant vivre aux champs,
Vous trouverez quelque charme à la vie.
Le jour, la nuit, tous vos moindres instans,
Comme les miens, seront dignes d'envie.

Jamais le son d'un trop funèbre airain
Ne me réveille au lever de l'aurore ;
C'est aux accens des chantres du matin
Que je te quitte, ô ma sensible Laure !

Depuis long-temps tendres chansons d'amour
Ont répété le pinson, la fauvette.
Courte est leur vie ; au premier point du jour
Petits oiseaux disent leur chansonnette.

De ces bosquets, je parviens au coteau ;
Cherchons d'ici ma modeste chaumière.
Elle est placée un peu loin du hameau.
Là tu m'attends, ma charmante fermière !

Je crois te voir, au fond du vieux manoir,
D'un doigt léger travailler à l'aiguille.
Autour de toi, brille tout notre espoir ;
Nos rejetons, notre jeune famille.

Oui, si j'en crois, ô ma Laure ! ton cœur,
Mes fils suivront la voix de la sagesse ;
Car des vertus c'est la première sœur
Que la bonté, qu'inspire la tendresse.

L'aurore étale au loin sur l'horizon,
De pourpre et d'or sa toilette nouvelle ;
Elle s'avance : encor dans le vallon (1),
Ombres du soir, ah ! fuyez devant elle.

Regagnez, regagnez tous ces monts sourcilleux,
D'où vous volez au séjour des étoiles (2).
Ces tissus blancs, seraient-ce bien vos voiles (3)?
Filles des nuits, attachez-les donc mieux.

Tout se réveille : oh ! quels riants tableaux
Présente alors notre fertile plaine !
Je vois venir gaîment à ses travaux
L'homme des champs, héros de chaque scène.

____

(1) Un beau matin, les ombres, ou, si l'on veut, les vapeurs
enveloppent les montagnes, semblant fuir devant l'aurore qui
les force à lui abandonner la plaine.

(2) C'est par les montagnes que nous arrivent les ombres ;
en nous quittant, elles reprennent le même chemin qui leur
facilite leur retour dans les cieux.

Majores cadunt de montibus umbræ. VIRGILE.

(3) Le givre, qui fait souvent du mal aux dernières récoltes.

En fredonnant quelques airs d'antrefois,
Mes laboureurs reprennent la charrue.
C'est le départ : aimables villageois,
Vos chants joyeux semblent percer la nue.

Comptant au bois trouver le beau pastour,
Suit après eux gentille pastourelle.
Lise est pensive; elle perdrait, un jour,
Tout son troupeau, sans Médor, chien fidèle.

Le jeune pâtre, un ballon a la main,
Porte ses pas vers la fraîche prairie.
Même au village amour fait un larcin :
Lisidas chante une amante chérie.

Plus lentement vient un vieux serviteur ;
Qui cultiva si long-temps mon domaine.
Malgré ses ans, il commande au labeur;
Il s'est assis sous cet antique chêne.

Comment on rend fertiles les guérets,
Ce bon vieillard le dit en son langage.
Tous nos savans, éloignés de Cérès,
Prétendraient-ils en savoir davantage ?

J'aime à braver, dans une après-midi,
Sous mes tilleuls, l'ardente canicule,
En feuilletant ou Bernard, ou Parny,
Chantres charmans, qui rappelaient Tibulle.

Invoquerai-je à mon tour Apollon ?
Le Dieu des vers chérit la solitude.
S'il arrêtait Pégase ici.... Mais, non;
Un tel coursier pour moi serait trop rude.

Lorsque Phébus de ses derniers rayons
Dore les cieux, pâlit sur les montagnes,
Les laboureurs regagnent les maisons,
Laissant le calme habiter les campagnes,

Dans le silence, à ce vague enchanteur,
Sans y songer, mon ame s'abandonne :
Charmant délire où l'on rêve au bonheur,
Où le cœur sent, quand l'esprit déraisonne.

Pour me soustraire à la fraîcheur des nuits,
Je quitte enfin ces berceaux de charmille,
Car sont servis le laitage et les fruits
Dans mon manoir, où le foyer pétille.

Morphée aux champs prodigue ses pavots,
Je n'entends plus les chutes des fontaines,
Les vents légers, et nos plaintifs échos
Que philomèle intéresse à ses peines.

Notre existence est un rêve ici-bas,
Qui s'embellit dans un champêtre asile.
Ce doux rêver est le bonheur. Hélas !
Croit-on cela maintenant à la ville ?

L'AMOUR GAGNE-PETIT,

Air : *Partant pour la Syrie.*

Pour rentrer au ménage,
Qui le chasse souvent,
Que fait l'amour volage,
Ce Dieu toujours enfant ?
Imprudemment le drôle
Un jour, se travestit ;
On le croit sur parole :
Il est gagne-petit.

Portant meule il s'arrête,
Devant une maison.
Entrez, il n'est pas fête...
Entrez, dit Madelon.

Je connais votre ouvrage,
Vous voulez travailler ?
Instrumens de ménage
Chez nous vont se rouiller...

Rémouleur de Cithère
S'applaudissant du tour,
Aiguise, aiguise; il espère
Etr' payé de retour.
Si bien lorsqu'on travaille,
Dit-il bientôt chagrin,
Mari, d'où vient qu'il faille
Ne gagner que son pain ?

L'amour de porte en porte
Prône envain son savoir ;
Que le diable t'emporte,
Répond plus d'un manoir.
Accusant la fortune
L'amour s'en retournait,
Quand il vit une brune
Qui très fort l'appelait.

Chez elle allait le traître,
Lorsqu'il fut reconnu
Par un beau petit-maître
Qui, las ! l'a détenu !
C'était un jeune maire
Alerte et des mieux faits,
Qui du Dieu de Cithère
Garda, dit-on, les traits. (1).

PORTRAIT D'UN JEUNE HOMME.

AIR *de la Cavatine le Bouffe et le Tailleur.*

RAREMENT je regrette
Le temps ;
Auprès d'une soubrette
Je mens.
Je ris et je m'emporte
Très haut ;
On me met à la porte
Bientôt.

Je jure aux femmes d'être
Discret ;
Serai-je un monstre, un traître,
Qui sait ?
De ma bonne fortune
Tout fier,
J'apportai chez plus d'une
L'enfer.

Lorsque je suis à table,
Je bois ;
Je suis fort équitable,
Je dois ;
Le jeu peut me séduire,
Jouons ;
Il est des maux le pire,
Payons.

Il faut aller me pendre
Après,
Au cou de femme tendre ;
Chut ! paix !

Quelle mauvaise grâce,
          Maris ?
Je me mets à leur place ,
          Je ris.

LES LOIS DE CYTHÈRE.

L'AUSTÈRE et froide sagesse
Conduit-elle au vrai bonheur ,
Plus que cette folle ivresse
Où s'égare un jeune cœur ?

Conduis, ô philosophie ,
L'aveugle dieu des amours ;
Qu'un tendre serment vous lie ,
Unis, vous plairez toujours.

A Cythère , un code existe
Rédigé par le plaisir ,
Qui sait mieux qu'un formaliste
Qu'abuser n'est pas jouir.

Là , législateur suprême ,
Cypris remplace Thémis.
Au novice elle dit : Aime ;
C'est l'esprit des lois , mon fils.

Un disciple d'Epicure
Apprend d'elle avec succès ,
Que les lois de la nature
Ne variront jamais.

LES PIÉCES,

CHANSON.

Aurais-tu perdu tes espèces?
N'as-tu plus rien dans ton gousset?
Enfant d'Apollon, fais des pièces
Snr tel ou tel brillant sujet.

Un curé servi par sa nièce,
Lui dit : Viens, ma jeune Isabeau,
Nous mettrons en perce la pièce
Qui se trouve.... dans mon caveau.

Je n'emporterai pas la pièce,
Damis, chez toi point d'arlequin.
Il est trop semblable à la pièce,
Cet échantillon, ce bambin.

Dans un procès, selon les pièces,
Vous êtes blanc, vous êtes noir.
Journalistes, pour quelques pièces,
Vous donnent des coups d'encensoir.

Le critique emporte la pièce,
Le tailleur la vole à bas bruit.
Tailleur, mesure avec ma pièce,
Censeur, doubles-en ton habit.

On s'aperçoit, et depuis pièce (1),
Disait la vieille femme Horgon,
Que le beau sexe l'on délaisse;
Fait-on aujourd'hui rien de bon ?....

---

(1) Depuis long-temps, expression populaire.

LE RENDEZ-VOUS NOCTURNE,

ROMANCE.

Air : *Femmes sensibles.*

Dans ce bocage, asile du mystère,
J'attends Lindor, il fait battre mon cœur ;
Blonde Phébé, je te fais ma prière :
Prête à Lindor ton flambeau protecteur.

Conduis ses pas sous cet épais feuillage,
Où j'éprouvai de lui tendre retour ;
Belle Phébé, voile-toi d'un nuage,
Lorsqu'en ses bras j'expirerai d'amour.

Amant discret, soulage ma souffrance,
Viens partager plaisir, doux sentimens.
Tout est tranquille : hélas ! la nuit s'avance,
Croirai-je encor, Lindor, à tes sermens ?

Ainsi que moi, Philomèle est plaintive,
A ses accens gémissent les échos ;
Un léger bruit tient mon ame attentive :
Dieux ! les vents seuls agitent les rameaux.

Il ne vient pas..... Auprès de l'infidèle,
Dieu de Cypris, vole pour me venger.
Non, non, dis-lui ma tristesse cruelle ;
Amour, amour, ah ! daigne le changer.

L'espoir allait abandonner Zulmie,
Lorsque parut un amant trop heureux :
Pardonne-moi, dit Lindor, mon amie,
Je t'écoutais, caché près de ces lieux.

ZÉMIRE,

ROMANCE.

Air : *Ah ! dis-moi comment on appelle.*

JE veux te plaire, ô ma Zémire !
Je veux subir ta douce loi ;
Tes beaux yeux, ton joli sourire,
Savent si bien dire : Aime-moi.
Je ne puis trouver que des peines,
Où tu n'es pas, être enchanteur ;
Retiens, Zémire, dans tes chaînes,
L'amant qui te doit son bonheur. (*bis.*)

Amans malheureux, dont les larmes
Ne fléchissent pas la beauté,
Vous ne connaissez pas les charmes
D'une aimable captivité.
Je gémis sur votre souffrance ;
Soyez libres, pour vous venger ;
Punissez par l'indifférence
Celle qui sut vous affliger. (*bis.*)

Zémire est bonne autant que belle ;
Son esprit est plein d'enjoûment.
L'art ne fut jamais fait pour elle ;
Sa candeur peint le sentiment.
Qu'elle est naïve en sa tendresse !
O Zémire ! aime-moi toujours.
A tes pieds je fais la promesse
D'être constant dans nos amours. (*bis.*)

Zémire, avant de te connaître,
J'ignorais doux plaisirs d'aimer.
Je vis Zémire, et je crus naître ;
Penser d'amour vint m'animer.
Zémire, avec toi, la nature
Présente un plus riant tableau :
L'air est plus frais, l'onde est plus pure,
Nos prés plus verts, le ciel plus beau. (*bis.*)

LA FONTAINE,

ROMANCE.

Air : *Dans un bois solitaire et sombre.*

A la Fontaine solitaire,
Qui se trouve au fond de ce bois,
Etait la jeune et belle Claire,
Hélas ! voici bientôt un mois.
Elle venait, la bergerette,
Chercher le frais, boire à ces eaux,
Quand le berger, qui la regrette,
Brûle ici de feux tout nouveaux. (*bis.*)

Sur l'eau, sa bouche demi-close,
Me semblait boire le plaisir :
Aux pleurs de l'aurore, la rose
Paraît ainsi s'épanouir.
Elle venait, la bergerette,
Chercher le frais, boire à ces eaux,
Quand le berger, qui la regrette,
Brûle ici de feux tout nouveaux. (*bis.*)

Bientôt, effleurant la verdure,
Claire fuit et sembla voler.
Fontaine, par ce doux murmure,
Espères-tu la rappeler ?

B

Elle venait, la bergerette,
Chercher le frais, boire à tes eaux :
En l'attendant, ô ma musette,
Sur ces bords soulage mes maux. (*bis.*)

LA REINE DE MAI,

ROMANCE.

Air *de l'Oiseau qui t'a fait envie.*

Voici les jours où la nature,
Qui veut plaire au riant printemps,
Reprend cette fraîche parure
Que relève la fleur des champs.
Je saurai devancer l'aurore,
A répété jeune pasteur :
Ah ! si la rose doit éclore,
Lise aura de moi cette fleur. (*bis.*)

Ce premier Mai, jour d'alégresse,
L'amour s'arrête en ce canton.
Berger, chantez votre maîtresse ;
Tout aime dans cette saison.
Je saurai devancer l'aurore,
A répété jeune pasteur :
Ah ! si la rose doit éclore,
Lise aura de moi cette fleur. (*bis.*)

Et la plus sage, et la plus belle,
Aux champs ne règne qu'un matin.
Cet usage antique rappelle
Qu'elle a des roses le destin.
Ah ! si la rose se colore
Au baiser du tendre zéphir,
Par un baiser, bien mieux encore,
La pudeur paraît s'embellir. (*bis.*)

CHANSON DE TABLE,

Chantée chez une jeune Dame qui aimait la bonne table et les bons ecclésiastiques.

Air : *Tout roule aujourd'hui dans le monde.*

Pour moi le bonheur véritable
Est d'être assis, dans un festin,
Auprès d'une femme adorable,
Dont la blanche et petite main
Me verse à longs traits du bon vin.
Sur le verre je fais tin tin
Tin tin tin tin trelin tin tin ;
C'est le refrein qui met en train. (*bis.*)

Nouvelle Hébé, tout nous enivre,
Votre beauté, votre bon vin :
Versez, versez, car je veux suivre
Ma chanson jusques à sa fin.
Je prends cette charmante main
Qui me verse de si bon vin,
Tin tin tin tin trelin tin tin ;
C'est ce qui met toujours en train. (*bis.*)

Serait-ce une règle algébrique,
Hébé, qu'expliquait votre abbé,
En nous disant d'un air comique,
Qu'*a b* multiplient *e b*.
Je crois que le bénédictin
Avait bu de votre bon vin ;
Tin tin tin tin trelin tin tin ;
C'est ce qui met toujours en train. (*bis.*)

Charmante Hébé, point de colère,
Ensemble trin trin trin trinquons,
Vidons, vidons, vidons le verre,
Puis refaisons ces carillons
Qui sont bien plus gais qu'un tocsin,
Qui n'appelle jamais du vin :
Tin tin tin tin trelin tin tin,
Du Chambertin, du vin de Thin (1). *bis.*

LA PETITE CURIEUSE.

Chère petite Maman,
Tenez, faut que je vous dise :
Ma jeune cousine Lise
A, bien sûr, un tendre amant ;
Quand en aurai-je un moi-même !
Quoi ! lorsqu'un homme vous aime,
On trouve du plaisir là ?
Comme ils s'embrassent lala !
Oh ! que c'est drôle cela !

Que je désire savoir,
Ma très-chère Maman, comme
On peut tant aimer un homme,
Que l'on se pâme au revoir !
J'étais donc chez ma cousine,
Son amant, à la sourdine,
La conduit sur le sofa :
Comme ils s'embrassaient lala !
Oh ! que c'est drôle cela !

Je m'approche du salon ;
Mais on en ferme la porte ;
On soupire de la sorte,
Que j'en ai compassion.

(1) Thin, côte du Rhône, où croît le Côte-rôtie.

(21)

Et vîte et vîte j'appelle.
Lise m'ouvre, me querelle.
Sur sa joue est l'incarnat :
Oh ! s'embrassaient-ils lala ?
Oh ! que c'est drôle cela !

Chut ! me dit Lise, tais-toi,
N'en parle pas à ma mère ;
C'est très-mal, Monsieur Hilaire,
De m'enfermer malgré moi ,
On peut aimer sans scandale.
Maman , Hilaire était pâle ;
Maman , expliquez-moi ça :
Oh ! s'embrassaient-ils lala ?
Oh ! que c'est drôle cela !

ENIGME.

Mon premier, aujourdhui, fait mouvoir tout le
    monde;
Il est dans tous les lieux de vertu sans seconde;
Celui qui le possède en qualités abonde ;
Il peut plaire à la brune, il peut plaire à la blonde,
Eût-il mille défauts , personne ne les fronde ;
Et loin que son pasteur contre lui se débonde,
Fût-il plus grand pécheur que ne le fut Joconde ,
Le bonhomme lui trouve une ame toute ronde ,
Lorsqu'il est à sa table , ou bien qu'il fait sa ronde.
Je souhaite au pasteur que sa brebis il tonde.
La jeunesse, toujours, sur mon second se fonde ;
Quand j'arrive pourtant , plus de chant , plus de
    ronde ;
Lentement je conduis à une nuit profonde.
Mon tout, lorsqu'il parait , à coup sûr , c'est qu'il
    gronde;

Sa puissance s'étend sur la terre et sur l'onde.
Ami, c'en est assez; dans ta mémoire sonde.

ORAGE.

AUTRE ENIGME.

Mon premier d'un pouvoir magique
Est le plus sûr des talismans ;
Il rend muette la critique,
Il rend diserts les ignorans.
Il rend traitable une inhumaine ;
A lui nos auteurs froids et plats,
Doivent le succès d'une scène
Qu'on applaudit à tour de bras.
Il est on ne peut plus habile
A vous trouver un protecteur
Dans une affaire difficile,
Chez le juge et le grand seigneur.

Mon second, brillant de jeunesse,
A de l'esprit, de la bonté,
De la candeur, de la sagesse,
On vante sur-tout sa beauté.
Ne le trouvant pas sur la terre,
Plusieurs doutent qu'il soit aux cieux.
Incrédules, connaissez Claire,
Claire est cet être merveilleux.

Nommez une ville de France,
Lecteurs, vous aurez mon entier ;
Je crois par-tout dans la Provence,
Et c'est sur un arbre fruitier,

ORANGE.

CHARADE.

Si tu veux m'ôter la tête,
Je pourrai voir tout tourner ;
Sur-tout, le soir d'une fête,
J'ai grande peur de tomber.
Mon entier à la science
Offre toujours son secours ;
Ou bien, mis dans la balance,
S'estime selon le cours.

LIVRE.

CALEMBOURG.

Le divorce est à beau lit,
Disait la mère Ramonne ;
Cela ne surprend personne,
Cela ne fait pas un pli.
Un conjoint doit être riche,
Pour faire une telle niche.....
Qui couche sur le grabat,
Ne trouve point d'avocat,
Il n'est pas en de beaux draps.
Plaignez-vous, jaloux mari,
Le divorce est aboli (1).

AUTRE CALEMBOURG.

Il ne faut pas dire, Fontaine,
Je ne boirai pas de ton eau ;
Il ne faut pas dire, Sylène,
Je ne boirai pas de tonneaux.

______

(1) Loi du 8 mai 1816.

B 4

ESQUISSE MORALE DE L'HOMME.

Philosophes, qui sûtes peindre
Le mortel avec ses défauts,
De lui pourquoi toujours vous plaindre,
Et ne point gémir sur ses maux ?
Cet être faible et misérable,
Qui provoqua votre courroux,
Songez qu'il est votre semblable,
Sujet à l'erreur comme vous.
Si le rêver de plus l'opprime ;
Ainsi que vous, j'ai pu le voir
Se précipiter dans l'abîme,
Que le sauver soit notre espoir.
La fortune. par ses caprices,
Se rit de tous également :
Elle complote avec les vices,
Nos maux et notre égarement.
Qu'elle est difficile la route
Qui conduit à la vérité !
Les passions, l'erreur, le doute,
Ne laissent libre aucun côté.
L'homme, ici-bas, n'est que mensonge ;
Il marche d'erreur en erreur ;
Sa vie, hélas ! n'est qu'un long songe,
Où s'offre par-tout le malheur.
Si la véritable souffrance
Le laisse un instant respirer ,
L'homme, jouet de l'inconstance,
Veut tout craindre, tout espérer.
Toujours différent de lui même,
Il espère et craint tour à tour :
Souvent le matin ce qu'il aime
Il le hait à la fin du jour.

Il galoppe dans son délire
Après un fantôme qui fuit :
Lorsqu'il croit qu'il va lui sourire,
Le fantôme s'évanouit.
Bientôt un autre le remplace.
Ces fantômes sont nos désirs ,
Qui loin de nous et dans l'espace
Semblent montrer les vrais plaisirs.
L'avenir est notre chimère ;
Au présent songe-t-on jamais ?
On ne vit pas, on espère
De vivre un jour. Nouveaux regrets.
Mortel , pourrais-tu te connaître ?
Dupe de ton cœur, de tes sens ,
Comprendras-tu jamais un être
Composé de tant d'élémens ?

Voulant avoir la connaissance
De soi-même , un bon musulman
Crut que serait cette science
Consignée en son alcoran.
Sur l'homme, hé quoi ! le grand prohète
Ne disserta point ! fut-ce oubli ?
Oh ! daigne être son interprète ,
Réponds-moi , sage Saadi.
Toi, te connaître ! dit le sage
Auparavant trouve un miroir
Qui te présente ton visage
Ainsi que tu devrais le voir.

Avons-nous un miroir fidèle ?
Il a beau rendre bien nos traits ;
L'amour-propre est en sentinelle
Pour nous flatter dans nos portraits.
N'ayons pas l'espoir téméraire
De connaître mieux notre cœur ;
Ses défauts , le cœur sait les taire ;

L'amour-propre est son défenseur.
Ce défenseur bientôt il ose
S'ériger juge sans recours ;
La conscience en vain s'oppose,
A ses arrêts; nous sommes sourds.

LE RETOUR DE LOUIS XVIII,

EN 1814.

Le fier Dieu des combats, qui sur ce sol naguère
Promenant la terreur, la mort, dans sa colère,
A nos vaillans soldats préparait maint revers,
Changeait nos beaux pays en de vastes déserts,
Sans doute avait juré d'anéantir la France,
Et tourné contre nous ce qu'il a de vengeance.
Mars, invincible Mars, est-ce que nos héros,
Par leurs nombreux exploits s'attirèrent ces maux ?
Un moment craignis-tu que par leur fière audace
Ils fissent oublier le grand Dieu de la Thrace ?
Les clairons ont sonné ; s'arment tous les Etats.
Moins d'épis ont nos champs qu'ils envoient de soldats.
Paraissent sur nos bords, mais en tremblant encore ,
Les peuples d'occident, les peuples de l'aurore,
Et les glaces du nord, et la terre de feu ,
Vomiront à leur tour des bandes sans aveu ,
Farouches ennemis dont l'air, dont les langages
Sont d'un sinistre augure. En des antres sauvages
Ils vécurent entr'eux, jusqu'aux fatals instans
Que leur dirent leurs chefs de marcher vers les
   Francs.
Ils courent au butin, et non pas aux conquêtes.
Ainsi qu'on aperçoit par les noires tempêtes,
Dans les airs s'élever de voraces oiseaux,
Dont les cris redoublés font craindre aux matelots
De servir de pâture à de telles Harpies
Qui paraissent déjà se disputer leurs vies,
Ainsi fondaient sur nous des milliers d'ennemis,
Avides de pillage, aux meurtres aguerris.
O paix ! ô douce paix ! nous étions loin d'attendre

Que dans ces jours des cieux tu daignerais descendre,
Que tu prendrais le soin de remettre à son rang
Un peuple généreux, aussi brave que grand.
Depuis long-temps livrés au tumulte des armes,
Nous ne connaissions plus le repos et les charmes
Qui naissent sous tes pas, sage fille du Ciel.
Rappelle-moi ce jour, ce jour si solennel,
Où les arts, la justice à ton aspect sourirent.
Dis, qui te seconda : tous les peuples l'admirent :
C'est un prince Français ; sa prudence autrefois
Calmait les factions aux palais de nos Rois.
Ses nombreuses vertus, son ame magnanime,
Sa sagesse éminente ont tiré de l'abîme
Un royaume opulent qu'un trop cruel destin
Par mille maux divers entraînait vers sa fin.

Soudain s'est fait entendre un nom vraiment ma-
 gique.
A ce nom l'ennemi devient doux, pacifique ;
A ce nom aux cités ne regne plus l'effroi.
La joie enfin renait : on a nommé le Roi.

Bientôt il vient à nous avec cette bannière
Triomphante jadis que l'univers révère.
L'étendard des bourbons était aussi vainqueur ;
Nos ayeux le suivant, suivaient toujours l'honneur.
Mourir à ses côtés fut plus digne d'envie
Que de vaincre cent fois avec la tyrannie.
Etendard de nos rois, tu ne dois point périr,
Tu passeras sans tache au dernier avenir.
Respecté par le tems, il blanchit sous la gloire ;
Mais gardé dans l'orage au temple de mémoire,
La paix l'offrit ces jours à notre roi Louis,
En proférant ces mots : « L'ancien trône des lis
Reprendra son éclat. Tant de rois, tant de princes
Cesseront d'occuper tes fertiles provinces,

Si tu parais, Louis. Au nom de tes ayeux,
Cours des braves Français exaucer tous les vœux. »
L'anarchie, et,.depuis, la fureur despotique
Leur faisant désirer ton pouvoir monarchique,
Pleins de ton souvenir, dans leurs chagrins amers,
Pour tromper leurs douleurs ils.domptaient l'univers.
L'univers à son tour à les vaincre s'apprête ;
Présente-toi, Louis, et l'univers s'arrête.
Cent mille bataillons réconnaîtront tes droits,
Ton long règne sera le saint règne des lois.
A toi seul appartient le trône d'Henri-Quatre.
Ce trône si fameux, non, non, ne peut s'abattre.
Des couronnes du monde il est le sûr appui ;
Les trônes, s'il tombait, tomberaient avec lui.
L'équilibre moral va bannir l'artifice.
Dans l'Europe il est tems que règne la justice :
Mais qu'au trône français se rassoie un bourbon,
Pour le repos constant de chaque nation (1). »
Ainsi parla la paix, quand des rois le plus sage
Tresaillit à sa voix, puis conjura l'orage,
Rendit nos jours sereins. Le vaisseau de l'état
Fut sauvé dès l'instant que Louis y monta.

Le livre des destins, bien mieux qu'à la prêtresse,
S'ouvre à moi : renaissez beaux siècles de la Grèce.
Qu'un jeune insensé coure à l'oracle d'Ammon
Consulter si tout doit se soumettre à son nom ; (2).
D'un brillant avenir, pour nous le sûr présage
Sont nos sublimes lois, le chef-d'œuvre d'un sage.
Transmettons sur l'airain à la postérité (3)

-----

(1) Dans son discours, à l'ouverture de la Chambre des
Députés, le 29 novembre, le Roi a dit : « La Providence m'a
imposé le devoir de fermer l'abîme des révolutions. »

(2) Alexandre.

(5) A Rome, la Loi des douze Tables était écrite sur
l'airain.

Le gage précieux de notre liberté ;
Sacré palladium du bonheur de la France,
Cette charte, où je lis par-tout : Bienfaits, clémence.
Ah ! si des factieux voulaient l'anéantir,
Le roi, la nation, sauraient la maintenir ;
On n'ébranlera pas cette auguste colonne,
Où sont gravés nos droits, et qui soutient le trône

F I N.

ERRATUM.

Page 9, *neuvième vers,*

Le jeune pâtre, un *ballon* à la main ;

Lisez :

Le jeune pâtre, un *bâton* à la main.

TABLE DES MATIÈRES.

www.ingramcontent.com/pod-product-compliance
Lightning Source LLC
LaVergne TN
LVHW021657170726
843501LV00007B/2621